par Hémot,
d'après Barbier

CLAMATION

DE LA

MARITAINE,

NTRE UN ALMANACH.

É SOUS SON NOM,

RÉCLAMATION

DE LA

SAMARITAINE,

CONTRE UN ALMANACH

DONNÉ SOUS SON NOM.

À MM. LES PARISIENS.

Facundus ille vir cum malitiâ, ego mulier imperita.

AU CHÂTEAU DE LA SAMARITAINE,

Et se trouve à Paris,

Chez les Marchands de Nouveautés.

1 Juillet 1787.

RÉCLAMATION

DE M.

SAINT-JUST

CONTRE LA

Dénonciation faite contre lui,

À SES COLLÈGUES

ÉPITRE

A THÉMIRE.

DAIGNE, Beauté jeune & naïve, daigne accorder ton suffrage à la malheureuse Samaritaine. Blâmer des attraits postiches, c'est faire l'éloge de ceux que t'a prodigués la Nature ; & le contraste de ton caractère, avec ceux que je dépeins, ne pourra que relever l'éclat de ton mérite.

Digne objet de tous les hommages, tu sais plaire à tes rivales malgré ta beauté ; & tu sais,

quoique fage , attacher à ton
char jufqu'à nos agréables. Eft-il
un triomphe plus parfait ? Quel
eft le pouvoir des Graces , lorf-
qu'elles font les compagnes de
la vertu !

Thémire parle-t elle ? on ne
peut qu'admirer ; elle a tant d'efprit ! Mais en eût-elle moins ,
n'en eût-elle pas ; fa douceur ,
fon ingénuité , fa modeftie lui en
tiendroient lieu. Sans être favan-
te, elle n'ignore rien de ce qu'elle
doit favoir , & fa touchante fim-
plicité ajoute encore à l'intérêt
qu'elle infpire : l'art entre pour
fi peu dans fa toilette ! c'eft le

goût, qui, presque seul, en fait les frais.

Ah ! Thémire, charmante Thémire ! souris à ma Réclamation, & tout le monde conviendra de la justice de ma cause. Charge-toi de ma défense ; le méchant qui m'opprime, attaque ton Sexe, & l'imprudent n'a pas seulement excepté Thémire. Qu'il soit démenti, qu'il soit bafoué ; ce n'est pas trop de toute l'indignation publique pour le châtier de sa témérité.

Mais, je le vois, tu blâmes

mon emportement, ton cœur
se refuse à une rigoureuse sévé-
rité. Eh-bien ! sois indulgente
tant qu'il te plaira, ménage
mon ennemi ; mais défens-
moi de ses injustes accusations.

RÉCLAMATION

DE LA

SAMARITAINE,

CONTRE

UN ALMANACH

DONNÉ SOUS SON NOM.

Méfiez-vous de tous ces offi-cieux, qui, sans qu'on les en prie, entreprennent de défendre le monde ; ils en veulent toujours à votre bourse.

Comme moi, le Public vient

d'être leur dupe ; car , en cher-
chant à ternir ma réputation, un
méchant a trouvé le secret d'attra-
per son argent. Pour le mieux
tromper, il a souvent mêlé le vrai
& le faux ; quelquefois même il
me fait parler de mes avantages
avec vanité. Quelle finesse, que
d'esprit dans son accusation !
Mais quelqu'ingénieusement cachée qu'elle soit, la vérité par-
vient toujours à dissiper les ténè-
bres du mensonge ; les entraves
même qu'on lui a jettés ne ser-
vent bientôt après, qu'à la faire
briller davantage.

Aussi vais-je dévoiler ce Prophète sans mission , qui a osé se

fervir de mon nom pour me couvrir de ridicule. J'expoferai fon
injufte conduite à mon égard ;
on verra les inconféquences &
les contradictions qu'il me prête
gratuitement, & qu'il m'eft im-
portant de relever.

Me traiter de VIEILLE, à mon
âge ! quelle indignité ! & c'eft
au milieu d'une Nation qui fe
pique de politeffe, au centre de
la premiere Capitale du Monde,
qu'on ofe m'apoftropher fi mal-
honnêtement ! O Nation jadis fi
courtoife, as-tu pu lire ?.... Car
c'eft à toi que cette plume inci-
vile a la témérité d'adreffer fon
libelle. MA PATRIE, s'écrie cet

Auteur ; & tu vois, tu permets
qu'on imprime sous tes auspices,
un Ouvrage. . . . .

Peut-être le titre t'a-t'il trompé, & j'aime à me persuader que
je n'ai pas encore perdu ton estime ; mais je suis un peu déli-
cate, ou plutôt bien singuliere ;
car, contre tout usage, je préfere
l'estime au respect. Adopter avec
enthousiasme un Ouvrage, parce qu'il paroîtroit sous mon nom,
ce seroit de votre part, Messieurs les Parisiens, une galanterie peu fine. Un tel encens n'est
point fait pour flatter des sens
délicats. Mais, après avoir lû ce
Livre si fameux, en faire l'élo-

ge , quoiqu'il soit rempli d'injures , même contre moi ; avouez
que c'est injustice , ou pour le
moins, inconséquence , aveugle-
ment , &c.

O ma chère Patrie ! un jugement si peu réfléchi prouveroit
bien mal en votre faveur. Quoi !
toujours de la légereté ! toujours
l'oreille ouverte à la calomnie !
Pour dire des injures avec impunité , il suffira donc à présent,
de les câser malignement dans
une brochure ? Sur la premiere
feuille on lira : PAR LA SAMA-
RITAINE, & la Samaritaine sera
le plus amère Critique du jour.
On le répétera ; même en le ré-

pérant , on se le persuadera.
O Vérité, Justice, Reconnoissance ! venez donc dissiper les té-
nèbres épaisses qui couvrent
notre horizon.

Qu'un jeune Athlète encore
timide n'avance dans la carrière
des Lettres qu'à l'abri d'un nom
féminin , rien de mieux imagi-
gé ; on ne peut demander l'in-
dulgence du Public d'une ma-
nière plus décente. L'Anonyme
est, dit-on , une voie moins sûre
& plus propre seulement à son-
der le Public. Pour moi , je
trouve l'Anonyme fort agréable.
Quel plaisir de pouvoir étendre
soi-même son horizon littéraire !

Par-tout

(13)

Par-tout on peut parler de foi :
connoiſſez - vous cet Ouvrage ,
Meſſieurs ? Quoi ! vous ne l'a-
vez pas encore vû ? il paroît cependant depuis huit jours. Alors
on en lit un chapitre à l'ouverture
du livre ; on ſait toutefois au-
quel on s'adreſſe. : on critique
une phraſe ; c'eſt toujours la
meilleure.

Soupçonner hautement tel &
tel d'être Auteurs de ſon Ouvrage , faire des Extraits , écrire
aux Journaliſtes ; manéges adroits,
qui , bien combinés , conduiſent
néceſſairement à la gloire : car le
jour arrive , où , le jugement
porté , le ſuccès aſſuré , on laiſſe

B

enfin échapper un mot, un petit mot. . . . . . Ou bien un Libraire bavard, indiscret, délie le
nœud gordien. Chacun alors se
repent d'avoir parlé; il n'est plus
tems, quand les avis sont don-
nés. Heureux, un million de fois
heureux l'Auteur Anonyme !

Grand Prophète de ce siécle
d'ignorance, dites-vous, illustre
Antagoniste de la mode & de
la Samaritaine, qui pourtant ne
la suit pas ; que ne vous cou-
vrîtes-vous de ce voile si com-
mode ? Croyez-vous échapper
par votre artifice, aux regards
curieux du Public ? vous êtes dans
l'erreur. Si sa vue, toute perçante

(15)

qu'elle foit, ne vous a point encore découvert ; fes recherches
ne feront pas toujours infruc-
tueufes, je l'efpere ; & bientôt
guidé par l'immortel Aftrologue
de Liége. . . . .

Attaquer * * * ! ah ! c'eft un fi
bon homme ! *Defpréaux.*

Jamais il ne nous a menacés
de neige pour le mois d'Août,
ni de la foudre pour le mois de
Janvier. Sans lui, fans une pro-
fonde méditation de fon génie,
euffiez-vous imaginé cette heu-
reufe divifion ; dont vous faites
l'un & l'autre, un ufage fi diffé-
rent ? Téméraire ! fléchiffez le ge-
nou devant votre Maître.

Pour moi, vous le savez, mes chers Parisiens, toute ma vie j'ai pris plaisir à vous distribuer avec abondance, une eau pure & bienfaisante ; toujours attentive à votre bonheur, vous m'avez vu partager & votre joie & votre tristesse.

Ce fut le chagrin de vous voir malheureux, ce fut le désespoir qui changea en mélancolie, ma gaieté ci-devant continuelle. Je vous ai toujours aimé; pouvois-je être tranquille, sachant les plus braves d'entre vous exposés aux dangers de la guerre ? Pouvois-je alors faire entendre ces airs harmonieux, dont auparavant j'avois amufé vos loifirs ? La douleur me les a tous fait oublier, mais elle n'a pas changé mon cœur.

Toute femme eft femme, c'eft l'outrager que de lui reprocher un grand âge. Qui ne s'offenferoit d'une telle infulte ? car dans ce moment même, où chacun rit de ma douleur, où perfonne n'ofe prendre ma défenfe, je ne puis en attribuer la caufe qu'à la malheureufe accufation portée contre moi.

Mais j'en appelle à vous, Abbés mufqués, élégans Volontaires, brillans Marquis : j'en appelle à vous tous, Petits-Maîtres

pincés, justes appréciateurs, ju-
-ges-nés de la beauté.

Suis-je donc à rejetter ? mes
traits, sont-ils tant altérés ? Peut-
être ai-je perdu quelque chose
de l'éclat de ma premiere jeu-
-nesse ; mais il me reste assez d'attraits, pour fixer, encore vos regards.

En vain penchée sur mon
urne, je cherche d'un œil curieux & même désintéressé, quelque chose qui justifie mon Accu-
sateur. L'onde m'est infidelle,
où vous conviendrez de la noir-
ceur de la calomnie. Je ne dé-
couvre sur mon front aucun té-
moignage de décrépitude. Les

rides cependant accompagnent toujours la vieilleffe. Dira-t-on qu'une main induftrieufe répare tous les matins les ravages du tems? qu'un pinceau délicat rajeunit mes attraits, & déguife de languiffans débris de rofes en des boutons naiffans?

Oh! je le fais; d'ingénieufes coquettes, vieilles à vingt ans, tirent leurs charmes d'une boîte de carmin. Elles ont raifon, puifqu'un goût dépravé fait confondre à notre jeuneffe blazée, l'Art avec la Nature. Pour moi, & en cela je fuis du bon vieux tems, j'aime mieux la Nature; je ne peins ni mes joues, ni mes

fourcils. On m'en croira facilement ; car ces petites méta-
morphofes s'operent dans le fe-
cret, & je fais ma toilette toujours en public.

Oh, bon Dieu ! quel pitoya-
ble accoutrement ! s'écria Bélife,
en m'adreffant la parole ces
jours paffés : quelle mife piteufe
& mefquine ! Quoi ! fans redin-
gotte ! vous n'avez pas feulement de fichu menteur, & vous
pouvez vivre avec des cheveux
d'une couleur fi affreufe ! Ah !
ha! c'eft horrible ! ils font d'un
blond ! vous êtes rouffe exacte-
ment, mais rouffe à faire peur !
Que ne portez-vous une perru-

que méchanique ! Burlandeux
est fort adroit ; il vous feroit
même des sourcils , qui imite-
roient parfaitement le naturel.
Pour une misere d'ailleurs, vous
pourriez faire teindre les vôtres.
Allez chez. . . . ; il vous les rendra noirs comme jaspe , comme
les miens.— Retournez-y vous-
même, tête légere , faites-vous
encore plâtrer ; faites-vous même plomber : cela vous donnera peut-être plus de consistan-
ce.— Vous êtes bien originale ,
la Samaritaine! Oh! affichez tant
qu'il vous plaira la pruderie ;
Madame Bélise veut bien vous
en avertir, votre poussiere n'a-
veugle personne. Pour ne pas

donner votre pratique à la Mode, vous n'en n'êtes pas moins
coquette. — Moi, coquette !
—Oui, coquette & petite-maî-
tresse; fort déplacée à la vérité,
fort ridicule; & cela, je vous le
dis d'amitié, cela vous va fort
mal. Dernierement encore,
chacun s'en rappelle, & j'en ai
bien ri dans le coin de mon feu;
j'étois avec le petit Comte,
quand Mélidore est entré.

Vous ne favez pas une nouvelle, ma belle Dame; oh! la
chose la plus originale, la plus
incroyable !— Il n'est pas poffi-
ble; dites donc vîte; est ce qu'il
fait froid ?— Bien plus fort, ma

belle Dame, bien plus fort. Je
viens de voir la Samaritaine. Il
faut qu'elle ait bien envie de se
faire voir, pour rester à son bal-
con par le tems qu'il fait. Elle est
poudrée à blanc & chargée de
diamans les plus gros que j'aye
jamais vus. Oh la belle riviere !
les boutiques de nos bijoutiers
n'offrent rien de pareil. Eh-bien !
malgré tout cet étalage, elle at-
tire à peine quelques regards des
passans ; chacun la voit & se
sauve, en se couvrant les yeux de
son manchon.——Impudente que
vous êtes, ajoutez donc que,
comme tant d'autres, vous vous
êtes réjoui de voir fondre cette
richesse.

Combien, depuis le nouvel an, n'ai-je pas eu à souffrir de tous les paſſans ! Les Ecoliers ſont, je crois, les ſeuls qui ayent conſervé du reſpect pour ma perſonne. Ce ſeroit ſurprenant, ſi la politique n'étoit pas de tous les âges ; mais ce fameux titre de Douairiere dont m'a généreuſement gratifié mon Adverſaire, ce titre leur en a impoſé. Ils ont cru par ce ménagement, tirer parti de moi ; erreur de leur part ; l'intérêt même que je prends à leur avancement, m'empêchera de jamais demander de congés pour eux.

Ne le diſons pas trop haut :

cet

cet aveu même pourroit les fâ-
cher , & Dieu me garde de m'en
faire des ennemis ; j'aimerois
mieux renoncer à ma Réclamation.

Ce feroit cependant un bien
grand facrifice ; car , quand on
peut répondre à qui nous attaque , on auroit grand tort de
garder le filence, & je ne veux
pas plus qu'un autre,paſſer pour
une bête. Autant vaudroit-il
qu'on me crût méchante ; du
moins on fe méfieroit de moi.
Mais loin de craindre la pauvre
Samaritaine , on fe moque d'elle ; felon les apparences même ,
on croyoit le faire toujours avec

C

impunité. Il y a si long-tems que je garde le silence, & cela sans être muette! J'avoue, Messieurs les Rieurs, que vous avez sujet d'être surpris, d'autant plus, que je n'ai pas fait de vœux. Quels sont les vœux d'ailleurs qui obligent à un silence éternel?

Il faut que ma conduite prête bien peu à la satyre, pour qu'on m'attaque de ce côté. Rarement on parle du babil d'une femme en particulier; on le reproche au Sexe, encore d'assez mauvaise grace. Les gens sensés ne nous font pas plus un crime de babiller, qu'à un mari de ne pas aimer ſa femme , ou à celle-ci de ruiner ſon mari. On eſt phi-loſophe dans ce ſiécle ; on fait ce qui eſt de raiſon.

Auſſi convient-on aſſez faci-lement de ſes petites foibleſſes , ſur-tout quand elles ſont préſen-tées d'une maniere fine & déli-cate. Plus d'une femme a ri , j'en ſuis ſûre , en liſant que LE SEXE PARLE MOINS EN FÉVRIER QUE DANS LE RESTE DE L'ANNÉE. C'eſt une vérité ; nous parlons moins dans ce mois que dans tout autre, mais non point par-ce qu'il n'a que 28 jours : c'eſt par une raiſon toute différente , & pourtant fort ſimple.

D'après les belles promeſſes de leurs maris au commence-ment de l'année, les femmes cherchent à ſe corriger de leur babil, & plus d'une fois dans le courant de ce mois, on a eu de la peine à diſtinguer les ſexes. Mais les hommes deviennent alors ſi foux, ſi foux, que par prudence même, les femmes ſe voyent obligées de reprendre leur bonne habitude de gron-der; c'eſt leur premiere péniten-ce du Carême.

Courage, courage, mes cheres Compagnes; cauſons, cauſons toujours, & que les vains diſcours d'un fâcheux ne nous impoſent point le ſilence.

Ce reproche fût-il fondé, ce n'eſt point à vous qu'il s'adreſſe, tendre & ſenſible Beauharnois, parlez toujours à nos cœurs ; parlez toujours à nos eſprits, aimable Bourdic : que vos diſcours ne ſoient point interrompus ; que (1) l'Art de Dupont puiſſe ſeul nous tranſmettre vos jolies idées. Il vous en coûte ſi peu pour mériter l'admiration générale !

Allons, Meſdames ; vîte un Livre nouveau : que J'EN PLACE L'ANNONCE A LA POINTE DE

---

(1) L'Art d'écrire auſſi vîte que la parole.

MON AIGUILLE : je ſerois flattée
que ce fût une femme, qui la
premiere méritât cet honneur.
Il ſeroit bien plus naturel à la
vérité, de dire d'un bon Ouvrage
qu'il eſt écrit à la Bourdic, à la
Beauharnois; mais que voulez-
vous? tout eſt de convention, &
A LA SAMARITAINE vaudra bien
à l'*Immortalité*. (1) Je ſerai, ſi-
non plus reſpectable qu'elle, au
moins plus reſpectée : on ne me
refuſera pas, ſans doute, d'être
plus jeune que l'Immortalité.

Il y a long-tems que je priois
inutilement mon Gouverneur
de m'acheter une bibliotheque,

____

(1) Deviſe de l'Académie.

fût ce à la toife , s'il eût voulu
me conferver le ton du grand
monde : mais je n'en aurai
plus befoin ; je ferai bientôt au
fait des nouveautés, & point du
tout obligée de m'en rapporter
au jugement d'autrui fur un Ouvrage. Je n'aurai plus de peine à
me donner, pour en attrapper, un
jour une phrafe; le lendemain une
autre, encore tronquée ou aug-
mentée. Nos favans font fi favans, & nos gens d'efprit fi bê-
tes , qu'on dort avec les premiers, & qu'on s'ennuie avec les
autres. Comment un Lecteur,
d'ailleurs diftrait, pouvoit-il me
rapporter aucun paffage avec fi-

délité ? Mais je lirai moi-même par la suite les Auteurs nouveaux, & en même tems je verrai les anciens, quoique par extraits.

A propos, qu'est-ce que cet *Ane promeneur* avec ce certain Critès qui courent Paris depuis quelque tems ? On les dit rêvant tout debout, & plus sages en rêve que quand ils veillent ; caractère de savans. A parler vrai, j'ai de la peine à croire à cet Ane là. Il n'a pas seulement été attiré par les chardons, que mon Adversaire a remarqués autour du bon Henry. La grille ne l'auroit pas arrêté, lui qui a des globes en sa disposition.

(3 8)

Pour vous, Monfieur le fai-
feur d'Almanach fans calendrier,
n'accufez pas plus le Prince de
Béarn d'être un Petit-Maître, que
la Samaritaine une BAVARDE.

Mais en vérité, c'eft trop de
complaifance de ma part, que de
répondre à de telles imputations. Que voulez-vous, Lecteur ? tel eft le monde. Le plus
honnête-homme parle-t-il bien
d'un autre, même en s'appuyant
de bonnes preuves, il eft à peine
cru. Pour la calomnie, elle n'a
pas befoin de probabilité pour
fe foutenir. Nul qui puiffe s'y
fouftraire : Bafile, le pudic, l'in-
génieux Bafile en eft lui même

la victime, tout aussi bien que
Figaro. Ils ont eu beau dire : la
calomnie tompere ; la calomnie ! beau la pratiquer ; la mettre
en honneur ; leur prudence a
été en défaut ; la calomnie leur
a fait faux bond, & les voilà,
malgré leur précaution inutile,
confondus avec les Jeannot, les
les Mesmero, &c. &c. &c. .....
O Vanité, & tout n'est que Vanité !

Quoi ! le siffler d'un miséra-
ble Savetier l'emporteroit sur les
bravos cent fois si répétés, d'un
Public votre zelé admirateur ?
Moquez - vous de tous ces
Abams, maître Figaro. Braillez,
braillez donc , & Criés vous

eût il fait descendre sur le Théâ-
tre des délassemens, avec l'âne
du cher Neveu, ou promené sur
l'âne de Mesmer ; si vous braillez, vous reviendrez tout triomphant sur l'âne de Jéricho.

Pour moi, j'ai peut-être eu
tort de me défendre ; je l'aurois
fait plus sûrement par le silence.
En parlant, je donne plus de
droits à mon Adversaire. N'im-
porte ; j'ai commencé, il n'est
plus tems de revenir sur mes pas.
Après l'avantage de servir ma
Patrie, celui de prévoir l'avenir
m'a de tout tems flatté le plus.
Je ne dois donc point être surprise que mon Adversaire m'at-

taque de ce côté. Mais le faire
d'une maniere aussi mal-adroi-
te, m'attribuer des Prédictions
vagues, inexactes, des réflexions
souvent mal-fondées, toujours
décousues, passer les choses les
plus dignes d'être annoncées ;
c'est une méchanceté sans éxem-
ple, & la Samaritaine n'a jamais
eu plus qu'en ce moment, le
droit de s'écrier :

Envain par mille & mille outrages,
Mes ennemis dans leurs Ouvrages,
Ont cru me rendre affreux aux yeux
    de l'Univers :
*** pour décrier mon style,
A pris un chemin plus facile ;
C'est de m'attribuer ses vers. Boil.

Personn=

Personne, dit mon Adver-
saire, n'est plus en état que moi
de faire un Almanach. Sans.
doute, & la raison qu'il en donne,
est très-claire. Mais tel & tel qui
n'ont pas le même droit, n'en
font pas moins des Almanachs.
Pourquoi donc veut-il surpren-,
dre la bonne-foi du Public ?
Pourquoi me dit il Auteur de
son Ouvrage ? Que ne le don-
noit-il tout simplement sous son
nom ?

Chacun à ce métier,
Peut perdre impunément de l'en-
cre & du papier. *Boil.*

Il me répondra que le titre
l'embarrassoit. Ah ! j'avoue qu'il

D

n'eſt pas facile de trouver des titres. Si cependant il m'eût conſulté, je lui en aurois indiqué un bien fin, bien piquant, tout-à-fait extraordinaire, réellement convenable au ſujet; en un mot, un titre neuf, celui d'*Almanach des Mois*.

Mais en Littérature, comme en Politique, les bonnes idées viennent ſouvent à ceux qui n'en ont pas beſoin; d'autres fois elles viennent trop tard. Moi-même dans ce moment-ci, qu'un tiers de ma Défenſe eſt déjà imprimé, je ſuis fâchée de l'avoir nommée *Réclamation*. Ce titre eſt rampant; *Fulmina-*

ŧion de l'*Almanach de la Sama-*
ritaine , c'eût été là un titre
triomphant.

Toujours des écarts , toujours
des détails , toujours des minu-
ties ! Ah ! Samaritaine , vous
voulez singer les Auteurs du
jour , cela vous va mal : vous
n'avez pas, comme eux , le génie des liaisons , l'esprit des à-
propos, la légèreté de style.—
Cependant se couvrir de mon
nom, comme d'un égide, n'est-
ce pas rendre hommage à mon
mérite ?—Soit. Eh-bien ! à présent qu'on vous regarde comme
une femme d'esprit , ne parlez
donc pas ; vous allez désabuser

le Public : il eſt bien plus ſage de profiter de ſon erreur.— Non, Monſieur, je veux qu'on me juge telle que je ſuis; ſotte ſi je ne dis que des ſortiſes ; mais non pas vieille, non pas bavarde, parce que je ne ſuis ni l'une, ni l'autre, comme je crois l'avoir prouvé.

Je vais donc à préſent examiner les Prédictions de mon Adverſaire. Je releverai ſans peine les erreurs des ſix premiers mois. Comme ils ſont paſſés, j'aurai toujours mes preuves en main.

EXAMEN des six premiers Mois du soi-disant Almanach de la Samaritaine.

ON va peut-être m'objecter que prédire les chofes, quand elles font paffées, ce n'eft pas un grand fortilége : mais les Poëtes ont bien ufurpé ce droit, eux à qui le menfonge eft permis; je le puis faire comme eux, duffent les Hiftoriens, par vengeance, mentir toujours autant que les Poëtes & les Aftrologues.

Annoncer des Courtifans pour le mois de Janvier; pour Février, encore des Mafques;

pour Avril , encore des foux , mais orgueilleusement huchés sur de téméraires Phaëtons : c'eût été fort bien , si notre Auteur fût entré dans les détails nécessaires. Pourquoi ne s'est-il pas étendu davantage sur ce chapitre ? Je le vois ici en contradiction avec lui-même. Vouloir faire passer la Samaritaine pour une bavarde & la faire peu parler , c'est une inconséquence marquée.

J'avoue que les Dames aiment beaucoup la variété , même en leurs discours ; qu'elles passent rapidement d'un sujet à un autre ; que les transitions les plus heureuses font du reffort de leur imagination ; qu'enfin la langue féminine eft comme l'induftrieufe Abeille, qui voltigeant dans un parterre , pique mille & mille fleurs pour compofer fon miel. Mais fi l'Abeille quitte une belle fleur , elle y revient , elle y revient fans ceffe.

Pourquoi ne pas foutenir votre déguifement , Madame la Samaritaine ? Vous avez de grandes difpofitions pour votre rôle , pourquoi donc en négligez-vous l'expreffion ? Quand on joue un perfonnage , il faut en avoir jufques aux défauts : fans cela , plus de naturel.

Il y a beaucoup de chofes à dire fur votre article de Janvier. Vous conviendrez que les fala-maleck, les embraffemens, les ferremens de mains, les pro-teftations d'amitié, font de tous les mois, plutôt que de Janvier. A préfent les vifites du nouvel an ne font plus de mode, parmi les honnêtes gens ; il n'eft plus que les Laquais qui fe donnent le bon jour en portant les cartes de leurs Maîtres.

Cette coutume des vifites devenoit trop gênante. Mon-fieur avoit fes amis, Madame fes connoiffances. Les amis de Mon-fieur vouloient voir Madame, les

connoissances de Madame vouloient avoir entrée dans la maison
de Monsieur; on profitoit du nouvel an : mais cela faisoit des visites à recevoir , des visites à
rendre ; on n'avoit jamais fini.

L'Année ne commence pas
bien, disent les solliciteurs , les
Maîtres, les Galans, tous ceux
enfin qui ont des étrennes à donner. Oui ; mais ceux qui les reçoivent , disent au contraire
qu'elle ne commence pas mal.

Souvent on se trompe sur le
produit d'une place ; cela n'est
pas étonnant ; on ne met pas en
ligne de compte les Errennes ,
qui le doublent ou le diminuent
de moitié.

Dorilas a été fort content de son nouvel an. Tel homme à qui il avoit fait gagner un Procès considérable, lui a fait un riche cadeau. Aussi en a-t-il fait un à son tour à telle autre personne qui lui avoit rendu un grand service ; mais l'adroit, l'orgueilleux Dorilas n'a en cela d'autre mérite, que celui de s'être fait payer d'un côté, & de s'être acquitté de l'autre : bienfaisance & reconnoissance sont des mots inconnus pour lui. Que de gens ressemblent à Dorilas ! Comment mon Censeur n'en a-t il pas remarqué ?

Comment s'est-il contenté de

dire un mot des folies du Carnaval ? Elles font pourtant bien intéreſſantes à Paris ; car riche ou non, homme ou femme, tout le monde s'y déguiſe. Ce goût des déguiſemens a même été porté à ſon comble cette année. Bals publics, Bals particuliers, les caffés, les voitures, les rues, tout étoit rempli de maſques.

Mais les plus beaux n'étoient pas à l'Opéra ; c'étoit au grand Sallon qu'il falloit les voir. Rien de plus fade qu'un *Domino* ; parlez-moi de la robe d'un Commiſſaire ſur les épaules de ſon clerc, ou de la ſeringue dont

s'eſt armé le fils d'un Apothi-
caire. J'aime encore beaucoup
à voir une belle en frac, donner
des leçons de galanterie à ſon
Amant contrefaiſant la Bergère.

Pourquoi n'y a t-il donc qu'un
Carnaval dans l'année? A peine
eſt-on en train de ſe réjouir,
QU'UN PEU DE CENDRES MISES SUR
LES TÊTES, les démonte, au
moins la plûpart; car il en eſt
quelques-unes plus difficiles que
les autres à guérir de leur folie.
Ce ſont les têtes de cette trempe
qui ont donné à Greſſet l'idée
de ſon *Carême impromptu.*

Oh! le cruel mois que celui de
Mars! il ſe préſente toujours ſous

un

un aſpect effrayant. Couvert
d'un cilice gros & noir, il ne nous
annonce que reproches & péni-
tences. A peine paroît-il, que
ſon ton grondeur effarouche la
beauté. Avec cela, il eſt d'une
curioſité .... Il faut tout lui dire,
même ce qu'on cache aux ma-
mans. Oh ! le cruel mois !

J'avouerai cependant qu'il eſt
beau, de ſa tribune, de charmer
& d'édifier toute une Paroiſſe, par
ſes graces & ſa piété. On eſt
flattée d'occuper les premieres
places devant un éloquent Pré-
dicateur ; les larmes aux yeux,
de dépoſer à la bourſe, bien plus
encore au baſſin d'argent, ou au

bonnet quarré, toujours avec
une dévotieuse révérence. Malheureuse vanité, pourquoi nous
faire perdre si souvent le prix de
nos bonnes œuvres?

Quel spectacle plus capable
de toucher une ame sensible, que
celui de la Procession des Rameaux? Je la vois tous les ans
avec une nouvelle émotion.
Que l'Almanach dit de la Samaritaine ne l'ait pas annoncée,
cela ne me surprend pas. Son
Auteur a pris à tâche de faire
rire ses lecteurs d'un bout à l'autre de son Ouvrage. Pour moi
j'aime à exciter tantôt le rire,
tantôt les pleurs : c'est trop

treprendre pour réuſſir. Qu'im-
porte ? *miſcere ſeria ludis* , voilà
ma deviſe. Je la tiens d'un homme qui ſait de ſon latin, tout juſte
ce qu'il en faut pour expliquer
cette phraſe. Quand on n'eſt pas
riche en littérature, on tire tout
le parti poſſible de ſon petit
avoir. Ainſi ne m'en voulez
pas, belles Dames, de ce que je
vous parle latin. Si ces mots
barbares vont juſqu'à vous, ce
ſera ſans doute, au moment de
votre toilette, & quelques jeunes Abbés qui s'y trouveront,
ſeront flattés d'être mes interprè-
tes auprès de vous.

Que dis-je ? autrefois par-

ler aux Graces le langage des
Mufes, c'eût été les effaroucher ;
mais depuis que la fcience eft au
rabais, tout le monde court l'acheter au...... Rien de plus commun
que de voir Apollon quitter galam-
ment le large feutre & l'hermine,
pour fe nicher fous le chapeau
de gaze & le mantelet de fatin.

C'eft du joli cela. Si vous
n'avez pas ri , j'ai perdu ma
caufe ; fi vous ne riez qu'à l'article fuivant , il fera trop tard ,
je dirai encore : j'ai perdu ma
caufe. Mais non , vous n'y rirez
point, femmes vertueufes & cha-
ritables, quel que foit le ftyle de
la Samaritaine : car fi cette pein-

ture vous déplaît, au moins l'objet du peintre vous fera-t-il ver-
fer des pleurs.

Qu'un Vainqueur infolent
traîne à fon char des milliers de
captifs ; je gémis de fon fol orgueil : mais qu'un Clergé ref-
pectable promène en triomphe,
des malheureux dont il vient de
brifer les fers ; mon cœur atten-
dri reconnoit les Miniftres d'un
Dieu. J'admire leur charité ; j'admire leur attentive prévoyance,
dans le voile qui couvre ce pauvre & donne plus de prix à la
bienfaifance.

Mais hélas ! en vain te caches-
tu fous ton aulne de toile , père

infortuné; la rougeur qui couvre ton front, n'eft inconnue à perfonne. Ton nom de la bouche du Marguillier paffe en celle des Dévotes. Bientôt le Bedeau dira qu'il te connoît, & prends garde de te trouver jamais avec lui. D'un air obligeant & protecteur, fuffes-tu accompagné de ta femme & tes enfans, il te demanderoit comment, depuis les Rameaux, tu auras gouverné tes affaires.

Par-tout, par-tout des abus, même dans les chofes les plus faintes. Le rachat des prifonniers pour mois de nourrice, n'en doit pas moins édifier tout le

monde. MA CRUCHE, MA FON-
TAINE, MA DORURE QUE JE NE
VENDRAI JAMAIS POUR SATIS-
FAIRE LA VORACITÉ DES PRO-
CUREURS ; mon Château dont
le prix ne fera jamais employé
en frais d'épices ; je facrifierois
tout, pour rendre un père à fa fa-
mille éplorée.

Il me femble voir fon époufe
renaiffante lui fauter au col ;
je l'entends cette bonne mère,
mêler les tranfports de la ten-
dreffe à ceux de l'efpérance. Plus
d'inquiétude pour le lendemain ;
elle va partager fans crainte le
morceau de pain qu'elle ména-
geoit à fes enfans. Eveillés en fur-

faut à une voix qu'ils n'ont pas oubliée, ces infortunés, caufes & victimes également innocentes du malheur de leur père, ces infortunés ne fongent plus à leur faim ; ils ne demandent que des baifers, ils n'en reçoivent jamais affez. Juftes interprêtes des larmes de leurs parens, ils n'y répondent que par un doux fourire, qui les fait couler avec plus d'abondance.

Quel moment délicieux ! Pourquoi le vois je interrompu ? Père cruel, pourquoi t'arracher à des careffes fi touchantes ? Pourquoi......Ah ! pardon ! pardon ! Homme vertueux, père tendre autant que chéri, digne époux d'une mère prudente, reçois de fes mains ces inftrumens que te préfente fa prévoyance ; va, mon ami, va gagner par ton travail, de quoi nourrir tes enfans.

Quel eft donc cét Aftrologue qui a pu parler du mois d'Avril & point de la proceffion des Rameaux ? Cela l'eût-il empêché d'annoncer les promenades de Longchamp ? Qu'en dit-il d'ailleurs de fi intéreffant ? Après quelques réfléxions, la plupart affez froides, il nous apprend QU'UNE VOITURE SE ROMPRA. Belle prédiction vraiment ! Il

ajoute que ce sera PAR LA FAUTE
DU COCHER. Oh! tout le monde
sait que c'est un Phaëton qui
a été renversé ; que le Con-
ducteur n'étoit point un Cocher,
mais un beau Cavalier. Il étoit
accompagné d'une jolie Femme,
& l'on prétend que ce malheur est arrivé par sa faute!
Par sa faute ? Quoi! vous êtes
assez peu galant, Monsieur l'Auteur, pour croire qu'on puisse être
mal-adroit en si belle compagnie! rougissez d'une telle pensée.

Il eût été beaucoup mieux
de nous annoncer ces chars élégans, chefs-d'œuvres de l'Art,
où brilloient à l'envi l'or, l'argent,

le bronze & l'acier ; & ces fu-
perbes attelages de chevaux Yfa-
belles, tous fix frères, du même
âge , tous égaux en beauté
comme en légereté ; & ces no-
bles courfiers à la tête altière ,
dont la bouche indocile au frein ,
fembloit répéter le cri de leur
patrie : Liberté , liberté !

On les voyoit, on les ad-
miroit, & auffi-tôt on ne les
voyoit plus. Point de route marquée pour eux ; tout fentier leur
déplaifoit. Impétueux comme le
tourbillon, leur courfe fembloit
le vol de l'hirondelle.

Fiers de cette agilité , leurs
intrépides Cavaliers fe voyoient

portés l'un à gauche, l'autre à
droite, au milieu des broussailles
& des taillis ; ici, sous le hêtre
élevé ; là, dans les branches du
pin, sans jamais craindre ni le
sort d'Absalon, ni le martyre
d'Hippolyte.

Rien de tout cela dans l'Almanach qu'on m'attribue. J'a-
vois remarqué, comme mon
Censeur, que le mois de Mai
réveilleroit la Nature. Le joli
enfant que celui-là ! Oh ! quoi
qu'en dise un Fâcheux plus vieux
que moi, puisqu'il est jaloux,
quoi qu'il en dise ; Mai, tout
espiègle qu'il soit, est bien le
plus gentil, le plus aimable des

douze

douze frères. Quelle fraîcheur !
comme il a le teint vermeil !
Sous ses pas naissent les fleurs ;
ce n'est pas l'ambre, ce n'est
pas le musc qu'il exhale ; c'est
le composé le plus parfait des
odeurs les plus délicieuses.

Associé de l'Amour, ils s'aiment comme deux frères de-
vroient s'aimer. Les bons, les
fidèles amis ! aussi sont ils de
la campagne : on les voit peu
à la ville ; si quelquefois à
l'Opéra, c'est toujours en peinture. Puis, ce sont de petits
éveillés bien matineux, & vous
vous levez toujours si tard, Messieurs les Parisiens ! Courez

donc du moins après eux , allez les chercher à Saint-Cloud ; vous êtes sûrs de les y trouver : ils aiment bien leur belle maman, & sans cesse avec les Ris, les Jeux & les Grâces , ils folâtrent autour de son Palais.

Jeune Beauté , ces jolies roses, dont un matin, votre Amant vint parer vos appas, Mai lui en avoit fait cadeau. C'étoit Mai qui faisoit palpiter votre sein & qui coloroit les joues de celui que vous aimez. Si, d'une timidité respectueuse, vous l'avez vu passer tout-à-coup à une témérité... ah ! n'en accusez par Colin. Au moment qu'il étoit allé pour

vous, dans le parterre de Flore,
deux tourterelles. .... L'une avoit
fui comme l'Amante de Colin ;
l'autre l'avoit poursuivi. Quand
Mai commande, prévoit-on les
suites d'un voluptueux abandon ?

Que vois je ? pourquoi ce
bruyant concours ? Hommes &
femmes, jeunes & vieux, tous
sont en marche. Echappé à la
poussière de son étude, le Clerc
agile en va ramasser une plus glo-
rieuse. Il n'est pas encore à cent
pas de sa noire prison, que son
imagination, qui le précéde,
a déjà parcouru le Champ de
Mars. Il croit entendre déjà
le canon ; il court, il vole où

le Dieu des combats l'appelle.

En balançoire sur une Rossinante, un faquin pique hardiment des deux, & passe tout triomphant le Comte & le Baron. La raison en est toute simple, c'est que ceux-ci n'ont pas loué leurs montures & qu'ils les ménagent.

Vous parlerai - je du Marchand dans le modeste sapin avec une griserte ? de la jolie Limonadière, que le Financier conduit en remise, préférable, dans cette circonstance, à sa voiture dorée ? Vous parlerai je des boutiques désertes, ainsi que les bureaux & les atteliers ? du Peintre, dont l'imagination s'échauffe à la vue d'une peuple si nombreux ? du Poëte, que la curiosité entraîne dans la foule ? A quelle épreuve, direz-vous, il va soumettre encore son habit jadis noir ? Point d'inquiétude : loin de l'endommager, la poussière cachant les taches dont vous le voyez couvert, en rendra la teinte plus égale.

Regardez cette désobligante qui s'avance. C'est le cabinet d'étude de ce Médecin si couru, si courant. Il l'a cédé pour aujourd'hui, à sa chère moitié, résolu de promener toute l'aprèsdinée, sa science sur un bec à corbin.

Un salut respectueux du Poëte lui vaudra la seconde place de la voiture. Elle avoit été destinée à un jeune étudiant vice-gérent du frêle Docteur : mais une affluence imprévue de malades... ou plutôt il avoit trouvé une autre compagnie.

Pas un seul article sur la revue du Roi, dans tout l'Almanach de la Samaritaine. Que de scènes cependant m'a offert ce beau jour de la revue ! Je n'aurois jamais fini de vous les dépeindre toutes. Plus comiques les unes que les autres, elles se sont succédé avec une rapidité.... Oh! quoique toujours à ma fenêtre, je n'ai pas eu le tems de m'ennuyer.

Si cependant j'avois eu une voiture, je serois allé, comme tout le monde, au Champ de Mars. Ce n'est pas que les jambes me manquent ; j'en ai de bonnes, Dieu merci, & je suis debout tout le jour, sans jamais me lasser. Mais pouvois-je me confondre avec tant de petites ouvrières, tant de femmes publiques, tant de gens du commun, qui accostent imprudemment les chevaux de l'Actrice & de l'Homme de Cour. Il y a si peu de différence entre

l'honnête femme & celle qui
ne l'eſt pas, quant à l'exté-
rieur ! Non, non ! je n'ai pas
voulu me compromettre : car je
n'ai pas ſeulement un grand &
beau laquais qui puiſſe me donner
le bras & me faire diſtinguer dans
la foule. Ma voiture, més gens,
mon Gouverneur s'eſt tout appro-
prié. Que-voulez-vous? il eſt du
bon ton de ne pas ſavoir gouver-
ner ſes affaires: on prend un In-
tendant; ç'eſt comme ſe nommer
un légataire univerſel, avec cette
différence cependant, que celui-
ci ne ſe contente pas du titre de
préſomptif; il fait tout de ſuite
valoir ſes droits.

Mais à quoi bon vous oc-
cuper de mes Jerémiades? écou-
tez plûtot ceux qui sont allés à
la revue: ils vous diront tous,
comme à moi: nous avous vu
le Roi, nous avons vu l'armée
rangée sur deux lignes & ex-
posée aux regards de son Maître.
Tous les yeux se portoient avec
ravissement sur le tendre Père
de son Peuple. Grand au milieu
de ses Soldats, comme entouré
de ses Ministres, il donne aux
uns & aux autres, des exemples
également éclatans.

Les processions de la Fête-
Dieu ont été fort belles cette année, parce qu'on s'est attaché à les

rendre majestueuses plûtot que
jolies.

Le jour de l'Octave, on n'est
sorti qu'avec les nouveaux or-
nemens, moins riches, mais plus
propres que les anciens.

A côté des belles tapisseries ten-
dues devant les Hôtels des grands,
on en a vu de fort simples devant les maisons des particuliers
peu fortunés. Qui les pourroit
croire moins agréables à un Dieu,
qui préféra le denier du pauvre à l'or du riche ?

Voilà, mes chers Parisiens,
voilà des observations dignes
de vous, dignes de la Samaritaine. Que d'autres flattent vos

gloutons & vos débauchés : qu'ils
leur promettent des pâtés nouveaux & des femmes novices.
N'est-ce point cependant les leur-
rer d'un vain espoir ? car en pâ-
tisserie comme en galanterie, on
est souvent trompé par la forme
& le nom. Que de PÂTÉS DE
PÉRIGUEUX ont été tout uni-
ment faits à Paris ! & cette belle,
dit-on, si BRUTE, tombée de la
basse-cour au Palais Royal, ce
sont moins SES POMMES DE TERRE
qu'ELLE REGRETTE que le grand
Julien & le gros Pierre, soyez-
en sûrs.

Pour vous, Parens, si l'honneur de vos filles vous est encore

cher, courez chez tous les Libraires. Epuifez la troifiéme édition de l'Almanach dit de la Samaritaine. Si on l'imprime une quatriéme fois, achetez encore. Prenez garde qu'il n'en refte un feul exemplaire, ni dans les Bibliotheques, ni fur les toilettes, ni dans les poches. Vous n'avez donc pas vu ? lifez : LA MEILLEURE BANQUE DANS PARIS, C'EST UN JOLI MINOIS.

Quelle veftale, après avoir lu cette maxime, pourra réfifter à la féduction ? Maris jaloux, comme vos femmes vont fe faire valoir ! comme elles deviendront

tiendront éxigeantes ! comme
vos Courtisannes vont être ren-
chéries !

Quand les jours de Fête, je
verrai passer nos jeunes Pari-
siennes, qu'elles traverseront le
Pont-Neuf, en jasant, riant &
folâtrant, je jugerai tout aussi-tôt
qu'elles vont au Palais Royal ;
respirer un air de coquetterie,
ou plutôt faire admirer le leur.

Je ne serai plus tentée de
leur reprocher ni enfantillage ;
ni cruauté Elles ne s'amuseront
plus à voir des sauts périlleux,
à éxaminer les grimaces d'un
singe, ou les révérences d'un
petit chien : à admirer des tours

G

de cartes, ou de gobelets. On
ne les verra plus au Combat
du taureau. Elles n'acheteront
plus ni chapelets, ni rosaires,
ni cantiques ; parce qu'elles n'é-
couteront plus les récits lamen-
tables des malheurs de la rage, ni
les miracles de Saint Hubert, que
leur œil ne suivra plus avec at-
tendrissement la baguette d'un
pathétique Orateur.

Tout le tems que nos petites
personnes auront en leur disposition, elles iront le passer au
Palais Royal. D'abord par un air
rafiné de decence, elles y bri-
gueront indécemment les hommages des libertins. Puissent-elles

jamais n'en mériter le mépris,
en affichant leur deshonneur !

Si je me borne, dans cette
partie de ma défense, à un petit
nombre de réfléxions, ce n'est
pas que je ne puisse l'étendre
beaucoup plus ; mais je voulois
seulement prouver ici, que les
prédictions qu'on m'attribue, ne
sont point éxactes; & qu'en con-
séquence, elles ne sont pas de
moi : car, si j'en étois l'Auteur,
adieu toute l'astrologie ; puisque
de l'aveu même de mon Ad-
versaire, personne n'est plus en
état que moi, de faire un Almanach.

G 2

EXAMEN des six derniers Mois.

Vous allez voir, mes chers Parisiens, que je dirai la vérité en prédisant, comme je l'ai fait en racontant. Toutes les nuits je m'expose au serein, pour faire mes observations astronomiques. Remarquez que c'est toujours sans télescope, sans bésicles, malgré l'âge qu'on me prête. Quel Astrologue pourroit en faire autant ? La plûpart ne découvrent à travers leur lunette *

---

* La Lunette placée, un animal nouveau
Parut dans cet Astre si beau (la Lune ;)

qu'une mouche qui leur fait
peur. Ce pauvre infecte renfer-
mé par hazard entre les verres,
ils en font un coq, un vautour,
ou un aigle : felon qu'ils le tranf-
portent dans la Lune, Mercu-
re, ou Vénus ; mais fi le télef-
cope eft malheureufement tour-
né du côté de Saturne, le moucheron ne peut être alors qu'un
monftre d'une groffeur prodi-
gieufe, un monde animé.

Et chacun de crier merveille.

. . . .
. . . .

Le Monarque accourut :
Il favorife en Roi ces hautes connoiffances.
Le monftre dans la Lune à fon tour lui parut.
C'étoit une fouris cachée entre les verres.

LA FONT.

G 3

Quel terrible phénomène ! ils entendent même son épouvantable mugissement. Malgré son énorme poids, l'animal semble léger : c'est une espéce de dragon aîlé. Si, en volant d'astres en astres , il approchoit un peu plus de la terre ; malheur à elle ! il l'avaleroit d'une seule aspiration.

Cette idée les fait tomber en syncope, l'instrument leur echappe des mains , un verre se casse, le moucheron recouvre la liberté ; & les voilà épouvantés pour la vie, d'une apparition si funeste.

Que ne se réservent-ils du moins toutes les suites de cette observation ! Mais dès le len-

demain, ils font part de leur dé-
couverte à tout Paris , & chacun
s'y couche dans la crainte de faire
le déjeûner du monſtre. Dieu
ſait de quels rêves ſont enſuite
bercés tous les eſprits !

L'Aſtrologue & ſes confrères
ſont cependant tous en mou-
vement. On ſe rend à l'Obſerva-
toire, on ne voit plus rien ; mais
on n'en eſt pas mois effrayé.
La conjecture eſt que l'animal
a fait un demi-tour de Saturne
& que cet aſtre eſt en conjonc-
tion avec lui , relativement à
nous. On calcule enſuite les vi-
teſſes , & l'on conclut, fort heu-
reuſement! que nous n'avons rien
à craindre avant quelques jours.

Faut - il plus qu'un ciron pour jetter la consternation dans seize Royaumes ? Servez-vous de lunettes après cela ; aussi je n'en fais jamais usage : ce qui ne m'a point empêché de remarquer les erreurs de mon Adversaire. Combien j'en vais relever dans cette Partie !

Il n'y est pas seulement parlé de la Foire Saint-Laurent , elle qui fait la gloire du mois de Juillet. Eh ! que dira Nicolet ? que dira Audinet ? & vous, aimables Associés , joyeux & tristes , folâtres & pathétiques , chantans & larmoyans , tout ensemble ? Venez réclamer vos droits. Appellez en au Public que vous amuſerez pendant toute la Foire. Parce qu'un ingrat vous a oubliés, n'en chauſſez pas avec moins de courage & le Cothurne & le Brodequin. Réfugié chez vous, que Molière y ſoit dignement traité ! tâchez d'en faire ſentir le mérite, & laiſſez à des Comédiens plus huppés , leur gloriole & la ſotte vanité de faire valoir de mauvais Drames.

Ne pas dire un mot de Saint-Laurent ; cela n'eſt pas pardonnable. Je ne ſais même comment interprêter ce ſilence ; expliquez-le-moi , Monſieur l'Aſtrologue. Avez - vous cru qu'il

dût moins briller cette année,
parce que le Palais-Royal a plus
d'éclat que jamais ? Sachez que,
digne émule de celui-ci, la Foire Saint-Laurent doit acquérir
encore un nouvel éclat. Mais
eût-elle dû se voir éclipsée par
le luxe de sa Rivale, elle auroit
du moins mérité vos regrets.

Vous n'avez donc pas vu le
Zébre, le Géant, le Général Ja-
co, ni les Nains, ni la Petite
Chienne parlante, ni le Lion,
ni le Tigre, ni le Léopard, ni
le Cabinet de Physique ? Non,
je le vois ; vous n'avez pas même pris de *choco* au son des cym-
bales & des trompettes. La voix

d'une Sirène féxagénaire ne vous a poit jetté dans ces douces rêveries ordinaires à qui les entend. Vous auriez avec elles, chanté Vénus & l'Amour & Cythère. Au lieu du fiel que votre bouche a diftillé contre lui , tout autour de vous , tout eût retenti d'éloges en l'honneur de l'âge mûr.

Que je vous plains de n'être pas allé dans l'élégante boutique de la belle Groflet! de n'avoir pas danfé a la Redoute Chinoife , ce pays enchanté, où le plaifir fe préfente à tous les fens fous mille formes raviflantes!

La belle prédiction que celle

de la Séance Académique du mois d'Août! Tout y est vrai, tout y est charmant. Je ne trouve qu'une omission dans cet article : c'est qu'il y aura à la porte de l'Académie une grande affluence d'Auteurs. Ils y resteront jusqu'à la fin de la Séance, tout en se plaignant d'une toilette faite *in vanum*.

Bien, Messieurs les Académiciens, formez-vous une pompeuse gallerie de Duchesses, de Marquises, de Comtesses. La canaille n'a point à s'en plaindre : elle s'est hier régalée seule du Concert des Thuilleries ; car si des plus jolies choses, quand elles

elles sont données gratis à
tout le monde. Les chaises ne
s'y louoient que 24 sols; puis on
est rebattu de ces entrées d'Iphi-
génie, de ces Marches des Sauvages, &c. &c.

Il faut comme moi, manquer
de loge à l'Opéra, & ne pas beaucoup craindre la fraîcheur, pour
se résoudre à aller entendre cette
symphonie : encore n'est-il pas
sûr que j'y aille ; oh ! je ne
crois pas y aller. Pourtant y a-
t'il de quoi rire, à en juger même par les discours de ceux que
j'en ai vu revenir l'année passée.

Eh-bien ! je pourrai encore
m'en amuser cette année, sans

H

fortir de chez moi. J'entendrai
tout le monde beaucoup louer
de Concert, quoique la plûpart s'y
foient ennuyés ; mais ils s'excu-
feront de leur mauvais goût, fur
le tapage qui fe faifoit autour
d'eux. Il eft fâcheux, dira l'un,
qu'on n'ait pas chanté ; vous auriez entendu Veftris. Et *Chiron*,
répondra l'autre, qui ne voudra
pas être en refte fur les connoiffances. Il a ouï dire plus d'une
fois que Veftris eft un Danfeur;
mais le même homme ne peut-
il pas bien chanter & bien dan-
fer ?

Cela vous fait rire, Lecteur ?
vous ririez bien davantage en la

compagnie de certains favans.
Complimentez-les fur leur favoir,
ils vous répondront auffi-tôt qu'ils
ignorent bien des chofes ; mais
après cet aveu, vous les enten-
driez applaudir à mille abfurdi-
tés & y répondre par mille autres, plutôt que de convenir de
leur ignorance en aucune ma-
tiere dont vous leur parliez. L'a-
mour-propre eft une rouille qui
s'attache à l'homme de mérite
comme au fot. Elle eft, dit-on,
infupportable dans ce dernier ;
cependant les taches font plus fen-
fibles fur l'acier qui a de l'éclat,
que fur le fer qui n'en a pas.
Que vous êtes infipide, Sa-

maritaine ! Pourquoi donc toujours nous parler de science &
de savans & de littérature ?
cela nous ennuie à périr. Vous,
Madame la Présidente, qui avez
donné quatre louis pour être sur
la liste du Licée ? ah ! pardon ,
j'oubliois que tous les jours vous
allez y faire une somme. Vous ,
belle Vicomtesse, qui y donnez
audience aux Rivaux de votre
Epoux ? & vous , puissante Du-
chesse, qui ne rêvez que Licée ,
protectrice zélée des Professeurs,
qui ne respirez que Poésies &
Mathématiques , je vous ennuie
aussi ? Eh-bien ! faites mettre
mon nom sur la liste ; & envoyez-

moi tous les jours votre voiture ,
car l feroit d'un mauvais ton
d'arriver à pied a cette Ecole.
Quand je ferai votre condifci-
ple , je ne pourrai plus dire que
du bien de notre claffe ; comme
Piron lui-même en auroit dit de
l'Académie , s'il y eût eu fon
fauteuil.

Ah ! c'eft top plaifanter, Samaritaine ; il vous eft permis de
vous défendre , & point du tout
d'attaquer qui ne vous a point
fait de mal. C'eft vrai , Mefda-
mes : comment faire cependant
pour réfifter à l'envie de rire ?
En cela je fuis l'ufage le plus
commun.   Qu'importeroit   au

Public que je me défendisse
bien, si je ne disois de mal de
personne? Pour qu'on me lise, il
faut bien que je sacrifie quelquefois l'intérêt particulier à l'amusement général. En un mot,
sans un peu de sel, ma Réclamation ne seroit pas supportable à
lire. Mais, de grace, Mesdames,
ne m'interrompez plus ; vous
me faites perdre le fil de ma défense.

Pendant que nos Athlettes
Littéraires attendront à la porte
de l'Académie, la décision de
leur sort ; pendant qu'une bouche, l'Interprête des 40 meil-
leurs esprits de France, pronon-

cera le nom glorieux du vainqueur ; qu'elle fera vingt mé-
contens pour un heureux ;
dans le même tems, mille cris de
joie fe feront entendre dans toutes les Thuilleries.

On n'y verra pas dans ce
jour, le fameux Métra environ-
né de fes trois cens Amateurs
de nouvelles : mais le Joueur de
vielle ramaffera des liards, en
amufant un auditoire toujours
nombreux, toujours nouveau ;
l'infouciant Porte-faix & la facé-
tieufe Fruitière promèneront
leurs graces dans la belle allée,
en contrefaifant les grands airs.

Accourez tous ici, jeunes Ar-

tiftes , amateurs de Deffins ; venez admirer les chefs-d'œuvres
de vos Maîtres. Choififfez, achetez les modèles des trois claffes.
Vîte , employez toutes vos petites épargnes , rempliffez vos
porte-feuilles. Vîte, vîte , prenez garde d'être prévenus ; il feroit fâcheux que les Singouf, les
Beauvarlet, les Delaunay, les+**
tombaffent entre les mains de
quelqu'un, qui n'en connoîtroit
pas le mérite. Que vous allez
être heureux! ne vous plaignez
plus de la fortune, n'enviez plus
les biens du millionnaire. Ce
qu'il a acheté 100,000 livres,
vous l'avez pour un demi-louis, à

quelques taches près qui ne font point du tableau.

Voilà de quoi vous amufer. Vous n'aurez pas trop du refte de la journée pour reconnoître vos richeffes. Allons, modérez votre impatience ; vous irez demain au Sallon des peintures : ce fera votre promenade de tout le mois de Septembre : quel plaifir vous y goûterez !

Le Sallon fera magnifique cette année, rempli de chefs-d'œuvres en tous les genres. On y verra des Scènes Françoifes peintes avec affez de perfection, pour faire préférer les fujets modernes aux fcènes antiques, la plûpart fi rebattues.

Quiconque aura du goût, admirera ces Romains ; mais leurs
tailles gigantesques, leurs figures
si différentes des nôtres, rappellent de tristes réfléxions à l'efprit de l'Obfervateur ; car fi ces
portraits font fidels, notre efpe-
ce eft bien dégénérée. Quelle
néanmoins la Parifienne, qui n'
fût moins flattée de reffembler
à Cornelie, qu'à la Baccante de
Madame Le Brun ?

Il y aura grand concours d'a-
mateurs, qui voulant tous avoir
le même tableau, enchériront les
uns fur les autres. Mais dans le
moment où ils fe le difputeront
avec le plus de chaleur, arrivera

un homme riche, qui détruira toutes les prétentions, en offrant vingt fois plus que les Connoisseurs. Ce marché conclu, notre Acquéreur écrira sur une carte : *Ce tableau appartient à Monsieur de * * * Seigneur de * * * & autres lieux.*

Ensuite il placera cette carte, sans doute, direz-vous, sur le tableau qu'il a acheté. Point du tout ; mais sur un des plus foibles du Sallon, sur un * * * voisin du premier, & qu'il a cru l'objet de l'admiration & de l'enchère. On rira beaucoup ; un mauvais plaisant osera même lui faire observer sa méprise. Celui-

ci la corrigera bien par cette ré-
ponſe : » vous êtes bien peu aviſé
vous-même ; ne voyez-vous pas
que ce tableau eſt de même grandeur que celui que j'ai acheté ?
l'Auteur en voyant ma carte,
viendra chez moi ; je le ferai
payer, & j'aurai les deux pen-
dans. »

Notre obſervateur aura beau
ripoſter que ces deux ſujets ne
peuvent point aller enſemble,
il ſera hué & ce ſera un acte
de juſtice de la part du Public.
Les inſolens doivent être humi-
liés dans toute circonſtance. Il
n'eſt pas permis d'ailleurs d'i-
gnorer le refrein : *la meilleure*
raiſon

raison du monde, c'est de l'argent, c'est de l'argent.

Un homme qui a cent mille écus de rente, peut-il jamais avoir tort : il est toujours doué d'esprit, de mœurs, de talens, de connoissances ; parce qu'il ne manque jamais d'admirateurs.

Je ne vous assure point que mon portrait sera cette année, au Sallon ; vous me taxeriez de vanité : mais, s'il s'y trouve, vous verrez que la Samaritaine ne manque pas encore de fraîcheur.

Ce n'est pas qu'on ne puisse juger de ma figure sans mon portrait ; mais les hommes sont si décens dans ce siecle, qu'ils

I

n'osent pas regarder fixement une femme. C'est cependant votre faute, Mesdames; vous êtes trop farouches, trop aufteres! vous avez trop de vertu!

Chargez-vous donc de ma défenfe, Meffieurs de l'Académie de Peinture. Je ne vous demande par d'arrondir mon vifage, d'adoucir mes traits, de leur donner de la délicateffe, de l'éclat à mes lévres, à mes yeux de la vivacité: peignez-moi telle que je fuis. Vous a-t-on jamais parlé ainfi? Je vous avertis d'une chofe: c'est que je me difpofe à faire la critique du Sallon, & vous jugez bien que celui d'entre vous, qui fera mon portrait, je le ménagerai. Il pourra même m'indiquer ceux de ses confrères dont il est mécontent ; j'aurai égard à sa recommandation.

A la porte du Palais de l'Infante, se vendra l'explication des Tableaux ; mais tout le monde n'en fera pas usage ; on se trompera d'ailleurs sur les numéros : que d'explications plaisantes on me fera tous les jours, au retour du sallon ! Je ne serai pas surprise d'entendre confondre la lyre d'Apollon avec la harpe de David ; le thyrse de Bacchus, ou le trident de Neptune avec la verge de Moyſe, ou les bâtons de nos Saints Solitaires. L'un admirera Marie ſous les traits de Vénus ; un Ange ſous les aîles de l'Amour. Un autre friſſonnera d'horreur devant l'hydre de Lerne qu'il prendra pour la bête de l'Apocalypſe ; ou devant la roue de Cybele qu'il nommera Sainte Catherine.

Couverte de bonne laine, la quenouille de Lachéſis reſſemble à celle de Ste. Geneviéve ; les cornes de Pan rappellent celles de Moyſe : que d'autres penſées ne feront-elles pas naître encore !

Cet article auroit bien mérité une place dans l'Almanach
de la Samaritaine. Comment
l'Auteur n'y parle-t-il pas non
plus de la foire de Bezons?
il aime tant les PÉLERINAGES!
celui-ci est encore plus gai que
les autres; car on le fait mas-
quer. Quel plaisir n'a-t-on pas
sous le masque! le Bourgeois
ressemble au Gentilhomme; le
Seigneur se trouve confondu
avec ses gens, souvent plus élégans que lui: sous le masque,
point de COLLET MONTÉ; on se
parle sans orgueil, avec fran-
chise; on se dit mutuellement
les petites vérités : enfin sous

I 3

la masque, on ne rougit de rien. Quel sujet d'amusement ! LA FÊTE DES HEUREUX, c'est celle de Bezons.

Elle sera cette année, plus brillante qu'elle ne l'a été depuis long-tems ; parce que le concours des masques y sera plus grand.

On établira la coutume d'aller aussi à Saint-Cloud masqué. Ce sera un spectacle charmant, que celui du bois de Boulogne rempli de *Pierrots*, qu'on prendra pour des Statues ambulantes. On y verra des sauvages, des paysans coquets, de jolis bucherons. Comme nos Demoifelles aimeront la campagne ce jour-la! On rencontrera des Dianes, des Nymphes; une Société obtiendra même la permission d'imiter la chaffe Saint-Hubert. Les uns pour cela, feront déguifés en chiens, d'autres en chaffeurs; le plus agile fera le cerf.

Les chemins qui conduifent à Saint-Cloud, celui de mer, comme celui de terre, feront remplis de mafques. On y verra Jupiter en Owiscky, ou en Ballon; Neptune en bateau, ou fur des Sabots Elaftiques; & Pluton en charrette, ou dans un corbillard.

Cet établissement sera trouvé vraiment beau, & fera honneur à l'année 87.

La Fête de Saint-Denis sera aussi très-brillante cette année, quoi qu'en dise notre Almanach. Beaucoup de beau monde ira, tant en voiture, qu'à cheval ; ce qui me fait espérer que dans peu, Sain-Denis deviendra rival de Longchamp. Je crains cependant que ce ne soit aux dépens de celui-ci : la plupart de nos agréables ayant à peine assez de fortune & de crédit, pour faire face aux dépenses, qu'occasionne une seule assemblée de cette espéce.

Au reste , ceux qui n'auront pas le moyen de se procurer des chevaux , prendront des ânes : quand on aura perdu la confiance du Sellier , on aura recours au Papetier ; puisque les cabriolets de carton sont aussi de mode. La langue y gagnera une nouvelle expression ; on ne se plaindra plus seulement de s'être brisé contre telle borne ; on pourra dire encore : le vent a déchiré ma voiture, au tournant de telle rue.

Tout le monde dorenavant partira pour la campagne, aussi-tôt après Longchamp, & en reviendra pour la St.-Denis. Cela

mettra de l'ordre dans la ma-
nière de vivre des honnêtes
gens.

A cette époque se renouvel-
leront les plaintes du peuple sur
les cabriolets. Pendant six mois
que la plupart ont été à la campagne, les piétons ont pres-
qu'oublié l'art de s'exquiver, en
franchissant un ruisseau, en sau-
tant une borne, en se jettant
contre un mur: mais on se rap-
pellera peu-à-peu son agilité &
l'on cessera de se plaindre. Avec
raison, car comment demander
l'interdiction des cabriolets,
quand on considére l'adresse de
nos jeunes Seigneurs à les con-

duire ? Ils paſſent au milieu des plus grandes foules, ſans preſqu'aucun danger ; & à bien calculer, il n'eſt pas de cabriolet qui o ue plus d'un, ou deux hommes par an. Pour les pieds écraſés, pour les froiſſures, je n'en parle pas ; ces petits malheurs ſe réparent facilement : on donne au bleſſé, 1 2 liv. & une lettre de recommandation pour l'Hôtel Dieu.

Mon Adverſaire a encore oublié de vous parler de la Fête des Muſiciens qui arrive en Novembre. La Meſſe qu'ils chanteront, ſera d'un rouſlant, dont on ne peut ſe former qu'une idée très-imparfaite. L'Egliſe de

S. Euſtache ſera remplie d'a-
mateurs; on en verra juſques
près les voûtes.

La Muſique des Vêpres ſera
excellente auſſi, mais rendue
avec moins de perfection. Quelques notes manquées, ou ajou-
tées de tems en tems, par certains de ces Meſſieurs, feront
voir qu'ils ne vivent pas ſeulement de Muſique; & qu'outre
les trois Clefs dont ils uſent par
métier, ils connoiſſent encore
celle de la cave.

Malheureuſement il y aura
à cette ſymphonie, plus de connoiſſeurs encore qu'à celle du
matin; mais les connoiſſeurs
doivent

doivent favoir qu'on n'obtient
les bonnes grâces d'Euterpe &
Terpficore, qu'en faifant la cour
à Bacchus.

Le mois de Décembre s'an-
noncera par des froids cuifans.
Enfuite des neiges abondantes
rendront nos rues propices aux
traîneaux : on en verra par toute
la ville. Une fociété de Prin-
ces & Seigneurs fe rendra en
traîneaux, au Palais Royal, &
offrira aux yeux du Public, tout
ce que le goût peut imaginer de
plus élégant en cette partie.

Je défirerois bien vous parler auffi des jolis ouvrages que
l'on préparera alors pour les

K

étrennes ; mais il n'eſt pas de Marchande de modes, dont l'imagination n'offrît le ſujet d'un précis d'une heure de lecture. On finiroit par admirer leur gout, & dire avec mon Adverſaire : LA SAMARITAINE EST UNE BAVARDE.

Tout le monde cependant doit dans ce moment-ci, être perſuadé du contraire ; car je n'ai rien dit que je ne fuſſe obligée de le dire pour ma défenſe.

Enfin, Lecteur, vous devez être perſuadé de mon innocence ſur toutes les imputations portées contre moi. S'il vous reſtoit encore le moindre doute, je vous prie de remarquer ma derniere réfléxion : elle doit anéantir la calomnie.

Accablée d'infultes depuis fix mois, je n'y ai pas encore répondu, & cependant je fuis femme, on dit même vieille; ce qui rendroit la chofe abfolument incroyable; car quoique bien des fois j'aye gémi de ne pas pouvoir faire entendre ma voix, tout le monde conviendra que je n'ai pas fait pour rompre le filence, tout ce qui eft au pouvoir d'une femme. Eft-il rien qui puiffe l'empêcher de parler ? Oh ! d'après cela, je ne fuis par vieille.

K 2

A la vérité j'ai été avertie un peu tard de ce qui se disoit contre moi. Eole est honnête, il a craint de me faire de la peine; & je n'ai pas su cette nouvelle, quand elle se souffloit, mais seulement quand elle a été NOUVELLE COURANTE. La Seine mon amie n'a pas pu me la cacher, & je lui ai obligation de son avis.

J'allois répondre sur le champ, quand j'ai songé qu'il étoit plus prudent d'attendre que les esprits fussent disposés en ma faveur; parce qu'après avoir été quelque tems d'un parti, ils doivent embrasser le parti contraire.

Enfuite il eſt venu des mauvais tems, & moi qui n'ai de
meſſagers que les flots, j'ai
craint d'expoſer ma juſtification
à l'impétuoſité des vents. Quand
une fois ces voltigeurs là ſont
échappés de leur priſon, Eole
n'en eſt plus le maître; & ſa
protection m'eût été inutile,
même auprès des plus tranquil-
les. Ces Meſſieurs ſont comme
les Huiſſiers, cruels par goût,
autant que par état: à peine lâ-
chés, ils balayent ſans diſtinc-
tion tout ce qu'ils rencontrent;
& crainte de reconnoître leur
père, ils ſe boucheroient les
yeux.   K 3

Dans cet embarras, j'aurois pu faire annoncer mon Mémoire ; on seroit venu le chercher chez moi : mais il eût fallu le distribuer gratis, ou bien transformer mon château en une boutique de Libraire. Je n'ai point de galerie, où j'eusse pu le faire vendre sans indécence ; & ma foi, le tems est si dur, que nous Seigneurs, nous sommes obligés comme tout le monde, de tirer parti des plus petites choses.

Si ma cause eût été douteuse, j'aurois pu faire ce sacrifice pour prévenir un peu le Public. Comme elle est évidemment bonne, je n'ai pas befoin de tant de précaution. L'amour de la grandeur eût pu feul me porter à un acte de défintéreffement comme celui-là ; mais je n'ai point de gloriole, & jamais je ne me ruinerai pour faire croire que je fois millionnaire.

Enfin, quoiqu'elle paroiffe un peu tard, ma défenfe n'en fera par moins goûtée, je l'efpère ; & le long triomphe dont a joui mon Adverfaire, ne donnera que plus d'éclat au mien.

F I N.

P. S. J'apprends dans l'inftant une nouvelle affez finguliere. Il court, dit-on, dans le monde, une Chanfon qui paffe pour m'avoir été adreffée. La voici :

COUPLETS, (1)

Sur une Épingle à Poignard.

AIR : *Mon honneur dit ; &c.*

» BRILLANT Poignard , ô ma seule espé-
    rance ,
» Tu vas servir mes amoureux projets :
» Sois le gardien de la beauté d'Hortence ;
» Il en faut un , quand on a tant d'attraits,
» De son beau sein , ton asyle ordinaire ,
» Ferme l'entrée aux regards curieux ;
» Sur son fichu répands une lumière ,
» Qui des Amans éblouisse les yeux.

---

(1) Ces Couplets , ajoute-t-on , doivent
paroître incessamment avec une Musique nouvelle de M. de Ferrier.

» Si l'un d'entre eux apportoit une rofe ,
» Et qu'il voulût lui-même la placer ;
» A fon défir que ta pointe s'oppofe ,
» Tu le verras bientôt y renoncer.
» Je crains les fleurs ; de l'Amour c'eft
l'emblême ;
» De leur parfum s'exhale un doux poifon ,
» Qui forceroit la Sageffe elle-même ,
» En cet inftant , à perdre la raifon.

» A fes genoux , fi Lindor plein de flam-
me ,
» Lui propofoit de vivre fous fa loi ;
» Pour appaifer les tranfports de fon ame ,
» Montre ces mots qu'elle traça fur toi :
» *A fon Louis promet la jeune Hortence ,*
» *De n'écouter jamais aucun Amant.*
» Lindor perdant alors toute efpérance ,
» Ira former un autre engagement.

» Si par malheur , (à tout il faut s'at-
    tendre .)
» Malgré ton zèle & mes foins vigilans ,
» Cette beauté fe laffant de m'entendre ,
» Brifoit nos nœuds & rompoit nos fer-
    mens ;
» Perce fon cœur , punis cette infidèle...
» De fes mépris fa mort me vengeroit ;
» Mais je ferois bien plus à plaindre
    qu'elle ,
» Son fouvenir , hélas ! me refteroit.

La critique eft bien inconfé-
quente cette fois : ai je jamais
porté d'épingle à poignard ? A
peine connois-je feulement cette nouvelle mode. Quelle forme prête-t on à ce *brillant
poignard* de la Samaritaine? A-
t-il coûté cinquante mille écus ,
comme celui de la jolie *** ?

120

Non sans doute, on ne donne
pas ma pratique à des Epin-
gliers auſſi renchéris.

ERRATA.

DES Crues d'eau ſurvenues dans
le tems qu'on imprimoit cette Défenſe, m'ont empêché d'en ſoigner
les épreuves; mais j'aime mieux
qu'on me reproche d'y avoir laiſſé
quelques fautes Typographiques,
que d'avoir manqué à mes devoirs
de *Grande Epuratrice des eaux de
Paris.*

LA SAMARITAINE.